LA VOIX DE LA VERITE'
A LA GLORIEVSE MEMOIRE
D'ARMAND IEAN DV PLESSIS
CARDINAL DVC DE RICHELIEV.
STANCES.

FVTVR eſtonnement de toutes les hiſtoires
Second appuy de nos autels,
  Sage diſpenſateur des plus belles victoires,
Qu'il ne faut plus chercher que chez les Immortels ;
Souffre la plus haute penſée,
Que ie puiſſe former de ta gloire paſſée.

TON NOM *eſt vn Soleil dont l'Auguſte lumiere*
Aueugle tout de ſes rayons,
ARMAND *tu me contrains de fermer la paupiere,*
Ou de n'en contempler que les foibles crayons ;
Heureux ! Si dans mon impuiſſance
Tu ſouffres le retour de ma reconnoiſſance.

On te peut meſurer ſeulement à toy meſme
Deſſoubs les Grandeurs de mon ROY,
Le Monde eſt à ſes pieds, & comme il eſt ſuprême
Il ne voit, hors de Dieu, rien au deſſus de ſoy,
Et bien que tu ſois admirable
Tu tiens pourtant de luy, ce luſtre incomparable.

Qu'euſſent pû tes conſeils ſi ſa main indomptable
N'euſt armé ſes commandemens ?
Qu'euſſent pû tes projets ſi ſa voix redoutable
N'eut fait trembler les Monts iuſques aux fondemens ?
Et ſi ſa conſtance inuincible
Ne l'euſt dans ſes trauaux fait paroiſtre impaſſible.

GRAND MONARQVE *il eſt vray, ta gloire eſt ton ouurage,*
Tu ne dois point la partager,
Tu la poſſedes ſeul auec tant d'auantage
Que d'en rauir vn peu, ce ſeroit t'outrager ;
Et la Prouidence qui t'ayme
Veut que tu doiues tout ſeulement à toy meſme.

Ie t'admire en ARMAND *comme en ta Creature,*
Ie te reſpecte en ſon pouuoir,
Ie te regarde en luy comme dans ta peinture,
Ailleurs, ô MON SOLEIL *ie ne ſçaurois te voir;*
Et ton Adorable lumiere
Me defend d'approcher de la clarté premiere.

Parlant de ſes explois ie diray tes Miracles,
Il n'en eſtoit que l'inſtrument,
Parlant de ſes Conſeils ie diray tes oracles
Tu t'es ſerui de luy comme d'vn truchement ;
Et ſi i'eſtalle ſes merueilles,
Ta Gloire eſt, meſme en luy, le ſujet de mes veilles.

ARMAND *ie n'eſcris pas l'hiſtoire de ta vie*
Elle brauera tous les temps,
Ie me plains ſeulement qu'elle te ſoit rauie,
Quand le Ciel nous ſembloit vouloir rendre contens,
Et que couronnant ta Memoire
MON ROY *conduit la Paix au Temple de ſa gloire.*

Il fit mesme au berceau trembler la terre & l'onde
Ou de frayeur, ou de respet,
Le premier de tes pas semble esbranler le Monde,
L'hydre se va cacher à ton premier aspet:
Et la nature espouuantée,
Escroule les remparts de ceste Reuoltée.

Ton Esprit eut d'abord tout ce que la Science
Peut donuer d'innocens attraits,
Tu sceus tout de Toy mesme, & ton experience
Mit la derniere main à tant de rares traits,
Que tu tenois de la Nature
Plus que de tes trauaux ou que de ta lecture.

Le Ciel qui desseignoit de faire des merueilles
A la gloire du Grand LOVIS
Te donne en sa faueur des clartez nompareilles,
Pour pousser iusqu'au bout ces desseins inoüis:
Dont la voix comme vn grand tonnerre
A fait craindre son Nom dessus toute la terre.

Tu bastis sur ce fonds le Puissant edifice
De la gloire des RICHELIEVX,
Dont la riche matiere & le grand artifice,
Rauit esgalement les hommes & les Dieux,
Et dont l'admirable structure
Ne fut point le projet d'aucune creature.

Ton premier coup d'essay ce fut vn coup de Maistre
Contre cet infame parti,
Que les feux & le sang sembloient faire renaistre,
Et que l'impieté sembloit auoir basti;
Pour porter auec violence
Iusques au Souuerain la loy de l'insolence.

Arme donc ceste main qui doit reduire en poudre
Tous les ennemis des autels,
Ne leur espargne point ny les feux ny le foudre
Ils n'ont pas epargné mesme les immortels;
Et les boutefeux de la guerre
Ouurent deiâ leurs ports à toute l'Angleterre.

Fay le grand coup d'estat va t'en prendre à la teste,
Et forcer iusques dans son fort
Ce monstre qui portoit la marque de la beste
Et qui souffre deiâ les frayeurs de la mort :
Dés que bouclé dans sa taniere:
Il craint que celle cy ne luy soit la derniere.

L'eternel ennemy des progrés de nos armes
Auec ses lasches Leopards,
Croit d'auoir beaucoup fait de donner des allarmes
Aprés auoir receu des coups de toutes parts ;
Et ces bannis de la Nature
Dans les sables de Ré treuuent leur sepulture.

Neptune criminel se presente à la gesne
Et tous ses flots imperieux,
Pour mieux seruir mon Roy se mettent à la chaisne,
Et prennent de ta main ce ioug laborieux,
Que leur escume blanchissante
Moüille auecque respet d'vne baue innocente.

Enfin elle se rend ceste vieille effrontée
La Babillonne de l'enfer,
Son obstination se voit enfin domptée,
Et la faim fait tomber tous les remparts de fer
Qui faisoient nommer la Rochelle,
La Reyne, l'imprenable, & la ville Pucelle.

Inuincible LOVIS ta gloire eſt admirable,
L'Hereſie eſt dans le cercueil,
Et que tu parois grand Miniſtre incomparable!
D'auoir heureuſement abbatu ſon orgueil ;
Et dedans vne ſeule Ville
Etouffé tous les feux de la guerre Ciuile.

MON ROY le grand dompteur des Monſtres de l'Egliſe,
Aprés les auoir menacés,
Te donne ainſi que Dieu fit à ſon grand Moyſe,
La baguette de fer qui les a terracés ;
Et faiſant tes paroles vrayes,
Il change en vn inſtant tes menaces en playes.

L'ESTAT eſt affermi diuine intelligence,
Pouſſe iuſqu'au bout ton deſſein,
L'Eſtranger nous deſtine aux coups de ſa vengeance,
Va les luy relancer iuſques dedans le ſein ;
Nos armes ſont trop legitimes
Et LOVIS ne les prend que pour punir des crimes.

Sçais tu pas ſon pouuoir ſur toute la Nature ?
Mets donc à couuert ſes amis,
Inſpire ſa vengeance à chaque creature,
Change les eaux en ſang chez tous nos ennemis ;
Et pour faire fleſchir leurs Princes,
Frappe iuſqu'à ſept fois le fonds de leurs Prouinces.

Guide miraculeux au chemin de la gloire
Où mon ROY ſeme ſes lauriers,
Sçais tu pas comme il eſt le Dieu de la victoire ?
Et que tout eſt poßible à ſes braues guerriers ?
Colomne de feu, belle nuë
Fay nous en fin tenir vne route inconnuë.

Il fera ton chemin sur les plaines salées,
Il armera les Elemens,
Tu frapperas la mer & ses eaux escoulées,
Feront des deux costés deux grands retranchemens,
Pour mettre à couuert ton passage
Et du fer de l'Egypte & des coups de l'orage.

Passe donc, què crains tu ? nous suiuons ta conduite,
MON ROY foule aux pieds son orgueil,
L'ennemy te poursuit ne crain pas sa poursuite
Neptune armé pour nous luy creuse son cercüeil;
Et le Ciel lance son tonnerre
Pour passer par le feu ce qui reste sur terre.

Le Conseil eternel des sages de Castille,
Pour imposer à l'vniuers
Le ioug imperieux d'vne seule famille
Qui commande deiá tant de peuples diuers:
Met auiourd'huy tout son estude,
A nous voir des premiers dans ceste seruitude.

La Puißante maison qu'on nomme Catholique,
Du Sacré Nom de ses projets,
Dont la plus concertée & plus vieille pratique
Est d'auoir tous les Roys esclaues ou sujets,
Veut par le droit de sa puißance
Les deuoirs eternels de nostre obeïßance.

LA FRANCE est vn obstacle à sa haute fortune
Quelle ne sçauroit supporter,
Vn escüeil effroyable vne bride importune,
Vn remede innocent qui l'a fait auorter,
Lors qu'estant grosse du tonnerre
Elle veut enfanter les monstres de la guerre.

Ie voy deiâ voler leurs Aigles à deux teſtes
Pour venir foüiller les tombeaux
Et pour faire eſclater leurs funeſtes conqueſtes
Porter de toutes parts les horribles flambeaux,
Qui conſumeront dans nos Villes
Les reſtes malheureux de nos guerres Ciuiles.

Leurs LIONS affamez rugiſſent de colère
Et ſe battent deiâ le flanc,
Leurs yeux eſtincelans ont vn feu qui n'eſclaire
Que pour nous preſager des deluges de ſang,
Et ceſte funeſte rauine,
Veut ſapper nos trois LYS iuſques à la racine.

Les aiſles ont ſauué ces oiſeaux inuincibles,
Il leur a ſerui de voler,
Ces grands Roys des Foreſts ſont deuenus paiſibles,
Aprés auoir ſouuent apris à reculer ;
Et ceſte rauine eſcoulée,
A laiſſé dans nos champs ſa bâue desfilée.

Ils ont treuué l'entrée & non pas la ſortie
Des deſſeins qu'ils auoient formez,
Et ces mauuais joüeurs au bout de la partie,
Voyans pour les ſeuls frais , leurs threſors conſumez;
Couchent auiourd'huy de leur reſte
Pour terminer vn ieu qui leur eſt ſi funeſte.

ARMAND ils n'y ſont plus, fay leur rendre le change,
Auſſi nous ont ils viſitez :
MON PRINCE les viſite, & c'eſt vn fait eſtrange
Que tous nos Complimens leur ſont inuſitez ;
Et ces grands Courtiſans des Villes
Accuſent nos façons de n'eſtre pas Ciuiles.

C

Nous entrons donc chez eux ; mais c'eſt à main armée,
  ous les chaſſons de leurs maiſons,
Nous les ſeruons de fer, de feux, & de fumée,
Si nous les depoüillons, c'eſt en toutes ſaiſons ;
Et ſans garder la bien-ſeance
Nous prenons comme il faut par tout la preſeance.

MON GRAND PRINCE a gagné plus de quinze batailles
Sur tous leurs plus grands conquerans,
Cent fois tu les as fait forcer dans leurs murailles,
Pour vuider par le fer tant de vieux differans ;
Et la pointe de nos eſpées
Nous rend en ce procés nos terres vſurpées.

L'ALEMAGNE a perdu le titre d'inuincible
BRISAC l'a mis entre nos mains,
L'EMPIRE leur eſchappe & ſe rend inflexible,
A vouloir à ſon choix des Maiſtres plus humains ;
Qui loin d'en faire vn Tributaire,
Le rendent ELECTIF, non point hereditaire.

LA FLANDRE t'a fourny la plus rude matiere
De nos exploiɛts laborieux
ARRAS a fait vn ſaut deçà noſtre frontiere,
Et tu brides ſi bien ce Lyon furieux ;
Que ce grand faiſeur d'incendies
Voit à preſent chez luy les meſmes tragedies.

L'ITALIE auiourd'huy ſe voit eſtre à la veille
De ſon ancienne liberté
LOVIS briſe ſes fers , ô cieux quelle merueille,
Quell'ayt en fin horreur de ſa captiuité ;
Et tu fais ceſſer tous les charmes
Qui luy faiſoient aimer le ſujet de ſes larmes.

LA FRANCE *a fait trois pas delà les Pyrenées*
MADRIT *en a tremblé d'effroy,*
PERPIGNAN *conuerti benit ses destinées,*
BARCELLONE *&* MONSSON *reconnoissent mon Roy;*
Dont le pouuoir mesme à Lisbonne,
Leur oste par tes mains, leur plus riche Couronne.

Le BRESIL *reuolté ne reçoit plus leurs flottes*
Qui venoient rauir ses thresors,
Son ancien possesseur defend à leurs Pilotes
De courre plus ses Mers ou de toucher ses bords;
Et les Indes Orientales
Ne leur sont auiourd'huy que des terres fatales.

Ils pleurent sans profit les fautes de Ximéne
Qui n'asseurant que le dedans,
Attira le dehors, & mit beaucoup de peine
A les donner en proye aux tristes accidens;
Que tu fais sentir à l'Espagne
Pour n'auoir rien de fort dans toute sa campagne.

Le Cardinal Ximene pour punir ceux qui auoient broüillé en Espagne pédant l'absée ce de Charlquint, fit raser les chateaux & demanteler la plus part des Villes.

La Mer ne gemit plus sous leurs forests flottantes
Ny sous leurs vastes galions
Elle a veu plusieurs fois ses eaux toutes sanglantes
Du carnage innocent de leurs pauures Lions;
Et LOVIS *fait que leurs victoires*
Ne sont plus autre part que dedans leurs histoires.

Tu reclames si bien les Aigles de Lorraine
Qu'elles retournent vers nos fleurs
Tu leur fais adorer la grandeur Souueraine,
Dont elles ont touiours arboré les couleurs;
Et pour les rendre plus fidelles
Ta main sans les blesser leur sçait tirer les ailes.

Reclamer c'est rappeller l'oiseau, mot de Fauconnerie. Ell' a des Aigles dans ses Armes.

ARMAND voila ta gloire, ô qu'elle est rauissante!
y la retourner à ton Roy,
en est le Principe, ô qu'elle est innocente!
u'elle est pure en ton cœur! qu'elle est digne de toy;
est vray, ren la toute entiere
4 celuy dont le bras t'en fournit la matiere.

Elle ne mourra point puis qu'elle est immortelle,
u la dois pourtant à LOVIS,
a lumiere est la sienne, & ta glace fidelle,
a renuoye au grand fonds de ses faits inoüis;
t tout l'esclat qui t'enuironne
'est qu'vn petit rayon qui sort de sa Couronne.

ANGE du grand Conseil, la liberté publique,
Est vn ouurage de ses mains,
ANGE exterminateur nostre paix domestique
Parmy les mouuemens du reste des humains,
Est deuë à la Noble colére
Du Dieu qui t'auoit fait nostre Ange tutelaire.

Non, tu n'aurois pas eû le Ciel si fauorable
Sans le secours de sa vertu,
Il rendoit le bon-heur ton hoste inseparable,
S'il te fait triompher c'est qu'il a combatu;
Et ta plus diuine victoire
Et de t'estre immolé sur l'autel de sa gloire.

Te voila donc monté iusqu'à ton Apogée,
Où le ciel dressoit tous tes pas
Ta vie en cet exil deuoit estre abregée
Puis qu'elle estoit vn bien qu'on ne connoissoit pas;
Mais tu n'as point cessé de viure
Puis que tous les viuans font gloire de te suiure.

Ton cœur fut le beau Temple & le Ciel de la grace
Où tous les vices abbatus,
N'ayans iamais ose te regarder en face,
Ont touiours reconnû l'Empire des vertus ;
Et leurs incomparables charmes
Leur ont auec respect fait mettre bas les armes.

Ta Sagesse, ta Foy, ta Constante innocence,
Ta force, ton esgalité,
Ta valeur, ta Iustice, & ta magnificence,
Ton zele, ton sçauoir & ta fidelité ;
Sont les adorables Miracles
Dont ta vie à toujours animé tes oracles.

Attends, que veux tu faire ? arreste vn peu ta course,
Quoy mesprises tu nos grandeurs ?
Pur & chaste rayon, tu veux ioindre ta source,
Où tu peux seulement accroitre tes splendeurs ;
Et tu caches dans la poussiere
Les mourantes beautez de ta pure lumiere.

La Mort n'a point osé te rendre tributaire
Comme le reste des mortels,
Le tribut que tu rends semble estre volontaire,
Autrement pourroit elle approcher des autels ?
Et ta vertu majestueuse
Mesme quand tu n'es plus, la rend respectueuse.

Elle ne flaitrit point ton auguste visage
Elle ne ferme point tes yeux
Ses flesches n'y sa faux ne sont point en vsage
Pour gaster sans pitié ce chef d'œuure des Cieux ;
Et ton ame s'est desgagée
Elle mesme du poids qui la tenoit chargée.

Ton esprit esleué sur toute la Nature
Brise auec vn noble mespris
Les aymables liens qui faisoient sa closture,
Et se porte si haut parmy les purs esprits,
Que toute ta grandeur passée
N'est plus mesme l'objet de sa moindre pensée.

Auroit il pû durer dans vn corps si fragile
Luy qui pouuoit tout consumer?
N'estoit il pas d'vn feu qui calcine l'argile,
Qui peut dissoudre l'or & mesme l'allumer?
Et pour enfin se satisfaire
Deuoit-il pas vn iour remonter à sa sphere?

ARMAND tu te fais plaindre à la plus noire enuie,
Elle confesse auoir eu tort,
Ou de vouloir la fin d'vne si belle vie,
Ou de vouloir le coup d'vne si belle mort;
Et mesme au plus fort de sa rage
Elle voudroit refaire vn si diuin ouurage.

Tu ne viuras donc plus comme les autres hommes
Mais dans l'eternel souuenir
Du plus IVSTE des Roys, & le temps ou nous sommes
Fera croire à grand peine aux siecles à venir
Qu'vne intelligence impassible
N'ayt animé ton corps pour se rendre visible.

Ton Epitaphe escrit des mains de la victoire
Pour estre plus digne de toy
Couche en trois de mes vers le fonds de ton Histoire;
Icy gist RICHELIEV qui pour son IVSTE ROY
Traça sur la terre & sur l'onde
LE PLAN VNIVERSEL DE L'EMPIRE DV MONDE.
  L. DC.   de la Compagnie de IESVS.

SONNET.

CY gist le grand dompteur des enfans de la terre,
Le Conseil animé du Roy des conquerans,
L'Amour des bons sujets, la terreur des Tyrans,
Que le IVSTE LOVIS frappe de son tonnerre.

Le grand dispensateur des succez de la guerre,
L'Arbitre ou le vangeur de nos vieux differans,
Dont les derniers soupirs & les bras tous mourans,
Esbranlent l'Vniuers comme vn globe de verre.

Passant veux tu sçauoir qui fut le Grand ARMAND?
Voicy dans peu de mots le pourtrait tout charmant
Que la vertu luy fait en despit de l'enuie:

Il fut tel sur les flots que tu le vois au port;
Considere sa mort, & tu sçauras sa vie;
Considere sa vie, & tu sçauras sa mort.

AVTRE.

CY gist le plus fameux des Heros de l'histoire,
Le plus Grand des mortels au dessoubs de son Roy,
Le fleau des Estrangers, & l'innocent effroy
De ceux qui maintenant attaquent sa memoire:

L'Oracle des Conseils, l'Ange de la victoire,
Le grand fonds des desseins qu'il tiroit tous de soy
Le Prodige d'esprit, le soutien de la Foy,
Le second fauory des filles de la gloire:

PASSANT t'estonnes tu de le voir au cercueil,
Il cache sa lumiere en se couurant de dueil:
Mais pensant la voiler il la rend plus visible:

ARMAND ne te plains point de l'Arrest de ton sort
Sans doute le destin qui te rendit passible
Fut ialoux de ta vie en ordonnant ta mort.

AVTRE.

CY gist dans ce Cercueil vn homme incomparable
Qui fut aprés son Roy le chef d'œuure des Cieux,
Homme, non, mais plutost vn Heros glorieux
Dont le bras foudroyant nous fut si fauorable.

PASSANT pleure le donc, cet Heros admirable,
Heros non, mais vn Ange, & visible à nos yeux,
Ange non, mais vn Dieu qui pour pa oistre mieux,
Voile d'vn corps humain sa lumiere adorable;

Mais s'il estoit vn Dieu pourroit il estre mort?
S'il n'estoit qu'vn pur homme eut il regi le sort?
S'il n'estoit qu'vn Heros auroit il tant de gioire?
S'il estoit Ange helas! seroit il en ce lieu?
Qu'est ce donc c'est ARMAND qui t'oblige à le croire,
Vn Grand homme, vn Heros, vn Ange, vn petit Dieu.

AVTRE.

ARreste icy passant sur ceste sepulture,
Elle enferme les os du Sage sans pareil,
Non, ne t'arreste point à ce triste appareil
Où tu verrois le dueil de toute la Nature.

Arreste, & i'ouuriray la brillante closture
Où la nuict enuieuse à ietté son Soleil,
Il ne peut estre esteint mesme au sein du sommeil,
Ny ternir son esclat sa lumiere est trop pure,

Voy comme il fait le iour au milieu de la nuict
Quand au point de l'Eclipse il semble estre reduit
A ne plus esclairer l'vn ny l'autre hemisphere:

Que s'il est au couchant tel que nous le voyons
Tu peux iuger, Passant, de ce qu'il deuoit faire
Quand son plus grand Midy lançoit tous ses rayons.